DESPROGES
EN PETITS MORCEAUX

Pierre Desproges

DESPROGES EN PETITS MORCEAUX

Les meilleures citations

Éditions Points

Pour cette édition :

ISBN 978-2-7578-1585-4

L'AMOUR

La femme des uns fait le bonheur
des autres.

La femme que j'aime n'est pas celle que je croyais. Ou bien elle ne l'est plus. Quelque chose a changé dans son comportement. Par exemple, elle prend du plaisir à jouer au golf alors que je n'y joue pas moi-même.

Je me suis fait auprès de ma femme une solide réputation de monogame.

En amour, on est toujours deux. Un qui s'emmerde et un qui est malheureux.

Ma femme est plutôt du genre « quand tu veux mon amour ». Mieux : elle est persuadée que le devoir conjugal vaut deux aspirines.

L'amour… il y a ceux qui en parlent et il y a ceux qui le font. À partir de quoi il m'apparaît urgent de me taire.

Le temps est à l'amour, les effluves érotiques sont dans l'air qui sent le mur chaud et la sève des sous-bois. Dans les allées cavalières de la forêt de Chambord, les amants au crépuscule sont en feu. Sous l'œil allumé de l'écureuil astiquant ses noisettes, le merle et la merlette vont au plume et le cerf joue la biche.

Ah ! l'exquise frontière entre vos genoux pour tout le monde et votre amour pour moi tout seul.

Le sexologue est à l'amour ce que le péage
est aux autoroutes. Supprimons le péage,
ça ne vous empêche pas de rouler,
supprimons le sexologue…

L'amour, c'est comme le bus 46 : quand
on le rate, il suffit de prendre le prochain.

Ah ! Irradier d'amour dès le premier regard :
comme ça. Hop ! Couchée, Sophie. Va pas
plus loin, tu l'as, c'est l'homme. (C'est
du latin.) Ne plus être contraint d'éructer
six calembours à la minute avant de les voir
ôter le gant de la main droite au cas où,
et le gant de la main gauche pour voir
l'heure en même temps. Non, décidément,
je n'ai pas la gueule que je mérite.

En dedans, je suis très joli. Mais, comme la
chrysalide en son cocon, je suis prisonnier
de ce visage d'où je ne m'évaderai jamais
malgré une magnifique paire d'oreilles
toujours prêtes au décollage.

Les Hélène sont généralement fières, hardies, dures au chagrin mais fragiles au fond, pimpantes, égale d'humeur, indispensables. Celles qui sont nées sous le signe des Gémeaux connaîtront un grand amour avec moi.

Le jour descend sur Paris qui s'agite à mes pieds dans cette voluptueuse crépusculade de juin où la chaleur tremblotante du bitume des trottoirs remonte sous les jupes des caracolantes amoureuses qui claquent du talon vers les soupentes estivales des charnelles Saint-Jean. Écoute un peu le merle et fais-moi voir tes seins.

LES ANIMAUX

L'hippopotame n'est pas qu'un tas
de lard essoufflé. L'hippopotame pense.
L'hippopotame est intelligent.

Tous les animaux sont utiles à l'homme, parce qu'ils nous aiment, nous gardent et qu'on les bouffe.

Remarquons au passage que si l'on dit « les animaux » au pluriel, on dit « l'homme » au singulier. Parce que l'homme est unique. De même, nous dirons que les animaux font des crottes, alors que l'homme sème la merde.

En cas de morsure de vipère,
sucez-vous le genou, ça fait marrer
les écureuils.

Le pangolin ressemble à un artichaut à l'envers prolongé d'une queue à la vue de laquelle on se prend à penser que le ridicule ne tue plus.

Contrairement à Villon qui stagnait dans le ruisseau j'ai la chance d'habiter en plein Paris une maison qui donne sur un petit jardin. Quelle joie chaque matin d'ouvrir les volets pour entendre tousser les oiseaux

Le lion est un gros con lâche et couard. La plupart du temps, le lion ne chasse pas lui-même. Il n'a pas que ça à faire. Il dort. Il laisse à sa femelle le soin de chasser à sa place, ou bien il se planque derrière elle pour ne pas prendre un mauvais coup de patte de gnou dans ses nobles couilles royales.

« Je suis le roi du monde », s'est écrié un farfelu en sautant royalement dans la fosse aux tigres du zoo d'Oklahoma City. L'instant d'après, il abdiquait.

Comme la plupart des poissons, le xiphophore affiche en permanence une expression béate. C'est parce qu'il baise dans l'eau. C'est très très bon pour la béatitude.

Les escargots n'aiment pas les Français. C'est pourquoi les Français doivent se méfier des escargots qui, sous des dehors bon enfant, cachent en réalité une âme de fauve prêt à bondir.

La taille du maximégathérium atteignait 25 mètres. On peut raisonnablement penser qu'il ne s'entendait même pas péter.

Les insectes sont des invertébrés de
l'embranchement des articulés.
Il n'y a pas de quoi se vanter.

Les canards mâles ont au derrière le plumage
vif et chatoyant que les mousquetaires ont
au chapeau pour affirmer leur virilité.

Est-il plus plaisant spectacle que celui
du cygne sauvage s'escagassant le fion
d'un bec fouineur sur l'étang brumeux
que le soleil levant redore au clair matin !

Le cochon renâcle aux portes de l'abattoir alors que l'employé aux écritures ou aux fourches monte à Verdun en chantant, ce qui prouve une fois de plus la supériorité absolue de l'espèce humaine sur le règne animal.

Comment ne pas louer la sobriété de
la camelle qui peut tenir 60 jours sans
fumer de cameau ? Ou l'admirable pudeur
de l'anaconda qui peut se masturber
sans bouger les genoux ?

Aucune bête au monde, si ce n'est, peut-être, le morpion pubien, n'est aussi profondément attachée à l'homme que le berger allemand.

La seule bête féroce qui existe au monde s'appelle Marcel. Au lieu de se contenter de pisser autour de son territoire pour en signaler les frontières, elle préfère défendre les siennes avec des rapières et des armes à feu.

À Begwalewe, près de Serule au Botswana, Galetwaselwe Mossi a volé une vache à Sir Seretse Khama. On vous fait grâce du nom de la vache.

Les chevaux sont tous des ongulés, ce n'est pas une raison pour les prendre pour des cons.

Indépendance et fierté, le chat n'est que noblesse. Surtout les persans, qui se prennent tous pour LE chat. J'ai su tempérer la sublime arrogance du mien : je lui ai coupé la queue, je l'ai tondu comme un caniche (la fraise et les pattes à pompon) et je l'ai fait dormir dans le frigo pour lui raidir un peu la démarche. Il a gagné en humilité ce qu'il a perdu en grâce : depuis que le berger allemand le sodomise dans sa sciure, sa majesté féline a la couronne un peu penchée.

Quand, par malheur, un berger allemand se
farcit un bébé-tartare dans un berceau,
qui nous dit que ce n'est pas
le bébé qui a commencé ?

C'est un amour dénaturé, pervers, qui pousse le charcutier, tronçonneur de gorets s'il en est, à signaler la présence de sa boutique par un cochon en bois hilare ceint d'un tablier blanc.

L'ART & LA CULTURE

La culture, c'est comme l'amour. Il faut y aller par petits coups au début pour bien en jouir plus tard.

Je le répète une fois de plus à l'intention des étudiants en lettres qui commencent à savoir lire dès l'âge du permis de conduire, on peut très bien vivre sans la moindre espèce de culture. Moi-même, je n'ai pas mon permis de conduire, ça ne m'a jamais empêché de prendre l'autobus.

Je serais incapable de dire qui a écrit le *Boléro* de Ravel et où s'est passée la bataille de Marignan.

Si quelqu'un ne voit pas le rapport entre Aragon et Henri III, qu'il nous écrive : il a gagné un bilboquet.

Georges Marchais a fait une très belle carrière politique en restant persuadé qu'Haussmann, Malesherbes et périphérique sont des maréchaux d'Empire et que Varsovie est dans la banlieue de Moscou.

Nous le savons bien, nous autres artistes, que la culture sans ministère, c'est aussi absurde qu'un Bantou sans igloo ou qu'un poisson sans bicyclette.

Et puis quoi, qu'importe la culture ? Quand il a écrit *Hamlet*, Molière avait-il lu Rostand ? Non !…

On ressent assez vite, à la contemplation d'une toile du Tintoret, un léger ennui qu'on ne retrouve pas à la lecture de *Fluide glacial*, où Édika dessine très bien les bites.

Duras n'a pas écrit que des conneries.
Elle en a aussi filmées.

Voltaire a gardé toute sa vie ce nom de fauteuil tout à fait stupide.

Verlaine était à la pédale ce que Vatel fut à la queue, c'est-à-dire un maître.

Une belle pensée d'intellectuel : « Notre devoir est d'apporter la poésie aux gens du peuple. Surtout à ceux qui n'aiment pas ça. »

Dans les milieux dits artistiques, où le souci que j'ai de refaire mes toitures me pousse encore trop souvent à sucer des joues dans des cocktails suintants de faux amour, on rencontre des brassées de démocrates militants qui préféreraient crever plutôt que d'être plus de douze à avoir compris le dernier Godard.

L'art blanc existe autant que l'art fumé. *La Joconde*, Versailles, *Le Cid*, le Jeu des 1 000 francs, c'est nous, la bombe H et le mistral gagnant, c'est nous. Austerlitz, c'est nous, Auschwitz, c'est… c'est loin. Nous sommes blancs et nous devons assumer notre blanchitude.

À la fameuse galerie Steichen de New York, où étaient exposées, en tout et pour tout, quatorze photos de mégots, il était interdit de fumer, et mal vu de fulminer.

Les années ne sont plus folles.
Plus de peintres à la Coupole.
Des cadres.

La culture et l'intelligence, c'est comme les parachutes. Quand on n'en a pas, on s'écrase.

LES CÉLÉBRITÉS

Je les connais bien, je leur ai touché la main.

Au Panthéon s'entreposent de considérables rogatons que les puissants temporaires viennent fleurir en s'émouvant face aux caméras.

Jean Vilar disait que seuls les médiocres n'avaient jamais le trac et Alain Cuny disait : « Ah bon ? »

Grace Kelly : une ancienne copine de Cary Grant reconvertie dans l'opérette immobilière sur la Côte d'Azur.

« La femme est le produit d'un os surnuméraire », disait Bossuet qu'on ne saurait taxer de misogynie eu égard à l'exquise compréhension qu'il afficha toute sa vie à l'endroit de la gent féminine, huguenotes et catins exceptées.

J'ai vu les Césars. Très bien. Toute cette vraie sincérité qui éclate sur les visages de ces gens qui sont si malheureux de ne pas pouvoir partager leur cadeau avec les ouvreuses et les machinistes.

Comme disait Ray Charles : « On trouve toujours plus malheureux que soi. J'aurais pu être nègre. »

Gloire à toi, Archimède, qui fus le premier à démontrer que quand on plonge un corps dans une baignoire, le téléphone sonne.

Gloire à Li yu Fang, qui inventa le thé au jasmin, à Pythagore, qui inventa le thé au rhum !

Gloire à Galilée, qu'on torture pendant que Coper nique !

Gloire à Pasteur, qui combat les enragés,
et à Roux, qui combat l'osier!

Nous ne saurions manquer une si belle occasion de ricaner une fois de plus sur la tombe de Jules Ferry, cette baderne colonialiste à qui nous-mêmes et nos enfants devons de voir les plus belles heures de nos jeunes existences totalement gâchées en indigestes bourrages de crâne.

Incapable d'enfoncer une porte ouverte, Marthe Richard fait fermer les maisons closes.

Je suis incapable d'enfoncer Cavanna qui reste aujourd'hui l'inventeur de la seule nouvelle forme de presse en France depuis la fin de l'amitié franco-allemande en 1945, et l'un des derniers honnêtes hommes de ce siècle pourri.

Si chaque nouvelle célébritouille méditait sur la velléité de sa gloire, combien de têtes de cul poudrées resteraient sur leur commode avec humilité, plutôt que de s'élever jusqu'à hauteur d'écran pour nous infliger les rots convulsifs de leurs malaises gastriques à l'heure apaisante des digestions assises.

J'en ai vu, dans le show-bizz, ramper de si peu dignes et si peu respectables qu'ils laissaient dans leur sillage des rires de complaisance aussi visqueux que les mucosités brillantes qu'on impute aux limaces.

Ah, Mitchum… Il coule dans ses veines du sang indien et de l'alcool irlandais. Le regard est pointu mais fatigué, la fossette arrogante ; la voix profonde comme un chagrin, lasse et désabusée, ébréchée à cœur par un demi-siècle de fureur alcoolique, subjugue les cinéphiles estudiantins et fait vibrer les femmes amoureuses de l'amour.

Kafka avait la vie comme on a le cancer, et se heurtait aux conformités, tel le cafard enfermé butant au mur sans jamais trouver la faille au trou noir salvateur.

COUP DE GUEULE

La rage qui m'anime c'est la haine du vautour, pourtant je m'étais couché serein.

Je vous hais, footballeurs. Quelle brute glacée, quel monstre décérébré de quel ordre noir oserait rire sur des cadavres comme nous le vîmes en vérité, certain soir du Heysel où vos idoles, calamiteux goalistes extatiques, ont exulté de joie folle au milieu de quarante morts piétinés, tout ça parce que la baballe était dans les bois ?

Il m'arrive quelquefois de quitter un peu bruyamment une porte d'un salon, d'une télévision ou d'une radio parce que je n'aime pas qu'on m'humilie. Il y a des gens qui bâtissent leur carrière en courbant l'échine, je ne courbe pas l'échine, ça me gêne, ça m'empêche de dormir, ça m'empêche de baiser ma femme, ça m'empêche de manger.

Je revendique la rupture. Se fâcher avec trois personnes dans la vie, ce n'est pas gênant. Il y a des gens avec qui je me suis fâché. Je serais humilié de ne pas être fâché avec eux.

De tout mon cœur, de toute mon âme, de toutes mes forces, je hais les coiffeurs. J'ai horreur qu'on me tripote la tête par-derrière en me racontant des conneries dans le dos. Comme le pou, le coiffeur est un parasite du cheveu.

On n'a quand même pas pris
la Bastille pour en faire un opéra !

Je hais les cintres. Le cintre agresse l'homme. Par pure cruauté. Le cintre est un loup pour l'homme.

Pour être vraiment sincère, la Provence me les gonfle autant que la Bretagne profonde. La bonhomie sucrée de tous ces gros santons mous qui puent l'anis, et qui génocident les coccinelles à coups de boules de pétanque dans la gueule, ça m'escagasse autant le neurone à folklore que les désespérances crépusculaires de la Paimpolaise qui guette le retour improbable de son massacreur de harengs, la coiffe en bataille et la larme au groin, au pied des bittes de fer fouettées par les embruns !

L'été quelle horreur ! C'est la saison des joies vulgaires et des exultations de masses.

Dans l'inventaire non exhaustif des calamités de la vie qui poussent l'honnête homme au suicide, il ne faut pas oublier de citer l'immensité du temps perdu par les humains à se vautrer dans la banalité molle de leurs effusions tièdes, dans le coton mou de leurs mornes échanges communs, ordinaires plats, en un mot vulgaires, ce qui veut dire « ordinaires », et non pas « grossiers », quoi qu'en pense le vulgaire.

Un bon voisin est un voisin mort.

Je hais les médecins. Les médecins
sont debout. Les malades sont couchés
Le médecin debout, du haut
de sa superbe, parade tous les jours
dans tous les mouroirs à pauvres
de l'Assistance publique.
Le médecin debout glougloute et fait
la roue au pied des lits des pauvres
qui sont couchés et qui vont mourir,
et le médecin leur jette à la gueule, sans
les voir, des mots gréco-latins que
les pauvres couchés ne comprennent
jamais, et les pauvres couchés n'osent pas
demander, pour ne pas déranger
le médecin debout qui pue la science
et qui cache sa propre peur de la mort
en distribuant sans sourciller
ses sentences définitives et ses antibiotiques
approximatifs, comme un pape au balcon
dispersant la parole et le sirop de Dieu
sur le monde à ses pieds.

Maudite soit la sinistre bigote grenouilleuse
de bénitier qui branlote son chapelet
en chevrotant sans trêve
les bondieuseries incantatoires dérisoires
de sa foi égoïste rabougrie. Mais maudit
soit aussi l'anticlérical primaire demeuré
qui fait croacroa au passage de Mère Teresa.

LA FAMILLE

Quéquette en juin, layette en mars.

La petite ville anglaise de Lexden bat deux records dont on aimerait croire qu'ils n'ont aucun rapport entre eux. C'est, proportionnellement, la ville du Royaume où il y a le plus de bébés et le moins de téléviseurs.

À trop manger sa mère on devient orphelin.

Les orphelins ne s'imaginent pas l'acharnement à survivre dont sont capables certains octogénaires pour le seul plaisir de raconter leurs congés payés au Tréport en 36 à des gens qui s'en foutent.

Tout le monde n'a pas, comme moi, la chance d'avoir perdu ses parents à Lourdes. (Ils avaient voulu se baigner dans le grand bain avec leur chaise roulante.)

Vieux parents, vous tous qui déclinez en parasites, accrochés à vos familles, sachez vous éteindre sans bruit, comme un réfrigérateur qui cesse de trembloter quand on le débranche. En toutes circonstances, effacez-vous, gémissez doucement, claudiquez sans à-coups, emmitouflez vos vieux os, gantez vos arthrites métacarpiennes disgracieuses, étouffez vos tristes toux matinales, minimisez vos cancers, c'est une simple question de délicatesse.

Pourquoi l'idée que mes enfants souffrent m'est-elle si complètement insupportable, alors que je dors, dîne et baise en paix quand ceux des autres s'écrasent en autocar, se cloquent au napalm, ou crèvent de faim sur le sein flapi d'une négresse efflanquée ?

Ce n'est pas par pudeur que je ne montre pas mes enfants à tous les passants. C'est parce que je n'ai pas les moyens de payer la rançon.

Vos chers enfants émus pourront vous rendre ainsi l'ultime hommage posthume : « Tiens ! Le chat n'est plus sur Mémé, sans doute qu'elle est froide. »

Les enfants ne sont ni des hommes ni des animaux. On peut dire qu'ils se situent entre les hommes et les animaux. Observons un homme occupé à donner des coups de ceinture à une petite chienne cocker marrante comme une boule de duvet avec des yeux très émouvants. Si un enfant vient à passer, il se met aussitôt entre l'homme et l'animal. C'est bien ce que je disais.

Je ne suis pas raciste, mais il faut bien voir les choses en face : les enfants ne sont pas des gens comme nous.

Aujourd'hui, c'est à vous que je m'adresse, chers enfants. Savez-vous, petits connards, qu'à l'âge où vous jouez aux billes comme des imbéciles, Wolfgang Amadeus Mozart, lui, avait atteint le génie ?

Enfant prodige follement doué pour les mathématiques (elle peut diviser 32 427 par 16 sans cesser de sauter à la corde), Hélène Baxter, une petite New-Yorkaise de 11 ans, pose de graves problèmes à ses parents et à ses professeurs. Quand on l'interroge sur son avenir, elle déclare qu'elle veut être « gardeuse de vaches dans un grand pré avec plein de pommiers en fleur ».

Né un peu prématurément dans une usine de Wouhan, en Chine populaire, le poupon d'une ouvrière a reçu le prénom charmant de « Fleur-éclose-sur-le-coin-d'établi-grâce-aux-efforts-du-camarade-contremaître ».

W.C. Fields disait : « Quelqu'un qui n'aime pas les enfants ne peut pas être tout à fait mauvais. » Je ne sais pas si Monsieur Fields a raison. Tout ce que je sais c'est que le bon Dieu l'a puni en lui donnant un prénom de chiottes.

Un masque de méchanceté stigmatise à vie les traits des enfants bien élevés qu'on n'a jamais laissés courir dans les flaques d'eau.

LA FEMME

Plus je connais les hommes, plus j'aime mon chien. Plus je connais les femmes, moins j'aime ma chienne.

Est-il Dieu possible, en pleine mouvance des droits de la femme, que des bougresses se plient encore aux ordres fascinants d'une espèce de Ubu prostatique de la mode qui leur impose le carcan chiffonneux de ses fantasmes étriqués, et cela jusqu'au fin fond populaire de nos plus mornes Prisunic ?

Grâce à l'interruption volontaire de grossesse, la femme moderne peut désormais sortir la tête haute et le ventre plat.

Les dessous féminins sont une des grandes joies de ma vie, avec la mort des gens que je méprise

On peut essayer de se dégoûter de l'amour en vivant avec une femme frigide, mais on n'a pas toujours le temps de draguer dans les milieux staliniens ou à la sortie des bénitiers.

J'en connais une qui est fermée aux joies simples de l'hétérosexualité au point que, quand on lui dit bande, elle pense à Velpeau.

Sa fadeur naturelle l'abritait puissamment de l'amour autant que des mépris.

Entre une mauvaise cuisinière et une empoisonneuse, il n'y a qu'une différence d'intention.

J'en ai connu une qui conservait dans la mort cet air con des mercières mesurant l'élastique des culottes.

La femme ne peut se reproduire seule, elle a besoin du secours de l'Homme, lequel, n'hésite pas à prendre sur ses heures de sommeil pour la féconder.

Dépourvue d'âme, la femme est dans l'incapacité de s'élever vers Dieu. En revanche, elle est en général pourvue d'un escabeau qui lui permet de s'élever vers le plafond pour faire les carreaux.

Dans le petit livre rouge des ultra-féministes américaines : « Le sixième jour, Dieu créa Adam. Puis il corrigea son erreur. »

C'est dur, mais c'est ainsi : j'ai beau vivre, travailler, faire l'amour, sortir, jouer avec et non pas sur des femmes, je continue de passer pour misogyne aux yeux d'une minorité d'anciennes combattantes au demeurant plus femelles que féministes, certes, mais quand même, ça fait de la peine.

J'ai la chance de partager ma vie avec une femme de goût, enfin de mon goût.

Certaines femmes sont moyennes avec intensité.

J'ai envie de suggérer l'hypothèse selon laquelle la faible participation des femmes sur la scène politique serait le simple mépris qu'elles en ont.

Les femmes n'ont jamais eu envie de porter un fusil, pour moi c'est quand même un signe d'élégance morale.

Donnons la poupée à Claudine. Aussitôt, elle lui chante une berceuse en lui caressant la tête. Donnons-lui maintenant le fusil. Elle le jette. Et même, en grandissant, elle continuera à jeter les fusils qu'on lui tend. C'est pourquoi il y a si peu de femmes dans l'armée.

Il y a une chose dont je suis certain c'est qu'il y a autant de misogynes femmes qu'hommes. Les femmes qui servent debout la soupe aux mecs assis ça existe encore et c'est souvent la volonté des femmes.

Si la virilité c'est le foot, la bagnole,
la boxe et la guerre, je ne me sens
pas du tout viril, je me sens très féminin
et je me plais beaucoup plus dans
la compagnie des femmes pour bien
des activités, y compris pour faire l'amour,
que dans la compagnie des hommes.

La femme seule a toujours tort.

La femme seule n'a d'issue que dans
l'héroïsme, où nul ne se plaindra de la
voir sombrer.

LA GASTRONOMIE

La base de la cuisine française repose avant tout sur deux ingrédients indispensables : le gros sel et le sel fin.

Féminin au point de préférer faire la cuisine plutôt que la guerre, on ne saurait me taxer d'anti-féminisme primaire.

Je ne prends pas pour autant ces grands airs de diva potagère qu'affichent les petits maîtres de la cuisine nouvelle chaque fois qu'ils rénovent le concept de la soupe aux choux en remplaçant le gros sel par du sucre de canne.

Le goût fait généralement défaut chez les masses populaires où l'on n'hésite pas à se priver de caviar pour se goinfrer de topinambours ! On croit rêver !!

Le goût de l'endive atteint dans la fadeur gastronomique des sommets que le rock mondial frôle à peine dans la pauvreté créatrice.

Pour se nourrir, les Japonais mangent du riz sans blanquette !

L'asperge donne le meilleur de son goût en compagnie d'œufs brouillés.
Elle anoblit les sauces blanches. La vulgarité de la vinaigrette ménagère l'insulte.

Quand on sait l'ignominie du poulet basquaise, on ne s'étonne plus de la virulence des exactions de l'ETA militaire.

Georges Pompidou fut un grand président. Pourtant il aimait Vasarely, et il voulait détruire la gare d'Orsay et bétonner la Seine. Mais c'est un homme qui n'aurait pas permis que l'on servît un meursault trop glacé sur un loup au fenouil.

Il faut que vous le sachiez, le manque de curiosité gastronomique et de jovialité culinaire va très souvent de pair avec un caractère grincheux, pète-sec, hargneux et parpaillot. Imagine-t-on Cromwell ou Jean Cau ripailler ?

Une récente enquête a montré que certains insecticides organo-phosphorés utilisés dans l'agriculture moderne pouvaient provoquer des tumeurs cancéreuses chez le rat. Pour plus de sûreté, il vaut mieux acheter ses brochettes de rats chez Fauchon, place de la Madeleine à Paris.

Dans notre édition d'hier, une légère erreur technique nous a fait imprimer les noms de champignons vénéneux sous les photos des champignons comestibles, et vice-versa. Nos lecteurs survivants auront rectifié d'eux-mêmes.

Les gens qui mangent bien sont gais et rigolos. Voyez comme les petits enfants des travailleurs ougandais ont l'air triste et indifférent à tout.

LA GUERRE

À la guerre il est important de savoir reconnaître l'ennemi. Car, sans ennemi, la guerre est ridicule.

Alors que le géranium est à nos fenêtres, l'ennemi est à nos portes !

L'ennemi est bête : il croit que c'est nous l'ennemi, alors que c'est lui !

Une guerre sans ennemi c'est comme un match de football sans ballon : l'homme ne sait plus sur qui taper, il s'étiole, il se ravale au rang de la bête, c'est ce qui s'appelle la paix.

L'ennemi, c'est comme le sexe. Faut tirer
dessus de temps en temps pour avoir
la paix.

L'ossuaire de Douaumont est très joli.
Il contient les restes de 300 000 jeunes gens.
Si l'on mettait bout à bout tous les humérus
et tous les fémurs de ces garçons
et leurs 300 000 crânes par-dessus,
on obtiendrait une ravissante barrière
blanche de 2 476 kilomètres pour embellir
le côté gauche de la route Moscou-Paris.

Très sémillants dans leurs costumes kaki,
les soldats cubains aiment intervenir dans
les pays africains où ils font des trous
dans les enfants qui passent, pour faire
avancer la démocratie.

Ne rêvons pas : la troisième guerre mondiale n'aura pas lieu ces jours-ci. Alors, pourquoi n'organiserions-nous pas une guerre FRANÇAISE, dans laquelle les forces en présence seraient toutes françaises ? Et puisque la haine est le moteur de la guerre, apprenons à nous haïr entre nous. Ah ! certes, il est plus facile de haïr les Arabes ou les Anglais dont les mœurs incroyablement primitives ont de quoi révulser.

L'armée est notre MÈRE, et comme notre mère, nous devons l'aimer, la respecter, et payer scrupuleusement nos impôts dont les trois quarts iront à la fête des mères puisque ça part au budget de l'armée.

Pour canaliser et exalter cette joie virile d'être ensemble, l'armée a mis au point la plus belle création du génie humain. J'ai nommé la marche au pas.

« Un, deux, un, deux, un, deux, un, deux,
un, deux, un, deux, un, deux. »
Général Gamelin, *Ma vie*.

Les colonels sont de grands enfants.
D'ailleurs, dans « Pinochet »,
n'y a-t-il pas « hochet » ?

Plus encore que les barrages de la langue et les divergences de leurs us et coutumes, c'est la différence de quotient intellectuel qui divise les hommes, les empêche de s'aimer et les pousse à la guerre.

Les juifs ne pensent qu'à gagner de l'argent en vendant des manteaux de fourrure.
C'est pourquoi, en Israël, il n'y a pratiquement que des fourreurs, et très peu de militaires.

La neutralité des Suisses
est-elle désintéressée ? Oui, sauf
en ce qui concerne l'argent.

L'HOMME

Si Dieu avait créé l'Homme avec de la toile émeri au creux des mains, il y aurait moins de branleurs.

J'aime beaucoup l'humanité. Je veux dire le genre humain. Avec ses faiblesses, sa force, son inépuisable volonté de dépasser les dieux, ses craintes obscures des Ténèbres, sa peur païenne de la mort, sa tranquille résignation devant le péage de l'autoroute A6 dimanche dernier à 18 heures.

Ô homme, sais-tu seulement que tu n'es rien d'autre qu'un insecte rampant sans la moindre importance ? Rien de plus que le moucheron aveugle qui s'éclate au pare-brise.

Grâce à son intelligence, l'homme peut visser des boulons chez Renault jusqu'à soixante ans sans tirer sur sa laisse.

L'intelligence, c'est le seul outil qui permet à l'homme de mesurer l'étendue de son malheur.

Bien plus que le costume trois pièces ou la pince à vélo, c'est la torture qui permet de distinguer à coup sûr l'homme de la bête.

« Les hommes naissent tous libres et égaux en droits. » Qu'on me pardonne, mais c'est une phrase que j'ai beaucoup de mal à dire sans rire.

Comment espérer en l'homme ? Peut-on attendre le moindre élan de solidarité fraternelle chez ce bipède égocentrique, gorgé de vinasse, rase-bitume et pousse-à-la-fiente ?

On ne rencontre plus de chaleureuse fraternité qu'autour des boîtes de corned-beef que les vieux loups de mer ouvrent avec les dents en passant le cap Horn en sens interdit.

Je serais assez partisan d'une application de la peine de merde par l'inauguration du fusil-à-crotte en pleine tronche, réservé aux demeurés crottogènes spécialistes en défécations canines sur trottoir.

Les vrais hommes prennent leur petite bistouquette à la fois pour un bâton de maréchal et pour un diplôme aux galeries de la femme battue.

Le voisin est un animal nuisible
assez proche de l'homme.
Très proche. Trop proche.

Toute sa vie, la femme a besoin de s'appuyer sur l'homme. A-t-on jamais vu un vieillard ou un infirme s'appuyer sur une canne plus grande que lui ? Il y a comme ça des jours où on se demande si Dieu ne boit pas.

Pour être bourgeoise, on n'en est pas
moins femme et pour être femme,
on n'en est pas moins homme.

L'INDIVIDUALISME

Quand on sombre dans l'âge adulte, on a envie de s'individualiser un peu, moi je suis devenu individualiste hystérique.

Je manifeste toujours tout seul. Au reste mes idées sont trop originales pour susciter l'adhésion des masses bêlantes ataviquement acquises aux promiscuités transpirantes et braillardes inhérentes à la vulgarité du régime démocratique imposé chez nous depuis deux siècles par la canaille régicide.

Je me heurte parfois à une telle incompréhension de la part de mes contemporains qu'un épouvantable doute m'étreint : suis-je bien de cette planète ? Et si oui, cela ne prouve-t-il pas qu'eux sont ailleurs ?

Je recèle en moi des réserves d'ennui pratiquement inépuisables. Je suis capable de m'ennuyer pendant des heures sans me faire chier.

L'élite de ce pays permet de faire et défaire les modes, suivant la maxime : « Je pense, donc tu suis. »

J'aime mieux me faire chier tout seul que d'être heureux avec les autres.

Vivre la ville en août, vivre la mer en juin, c'est l'ultime aristocratie et la rare élégance de l'estivant hexagonal.

J'essaie de ne pas vivre en contradiction avec les idées que je ne défends pas.

J'ai envie de tuer quelqu'un.
J'aurai dû en parler à mon psy, finalement j'ai préféré me confier à mon armurier.

J'ai été frappé dès ma naissance de misanthropie galopante. Je fais même de l'auto-misanthropie : je me fais horreur! Je me hais. C'est dur à porter, une haine pareille pour un homme seul.

Pour être individualiste, on n'en est pas moins perméable à l'effroi.

Mon individualisme hystérique me fait repousser instinctivement les groupes de plus d'une personne et m'interdit de partager d'autres idées généreuses que les miennes.

Le snobisme se caractérise essentiellement par la dégénérescence dramatique de la personnalité et la perte progressive du libre-arbitre.

Autant le strabisme est divergent chez Sartre, autant le snobisme est convergent chez l'Homme.

Quand quarante mille juifs s'entassent au Vél d'Hiv, il faudrait être armé d'une singulière mauvaise foi pour les taxer de snobisme.

Je préfère vivre en harmonie avec ma « dignité », pour employer un grand mot, et refuser le confort du compromis même pour l'argent, même pour la gloire.

Je préfère être dans la misère que de m'abaisser à des choses qui ne me plaisent pas.

LA JEUNESSE

L'humanité est un cafard. La jeunesse est son ver blanc.

Depuis trente ans, la jeunesse, c'est-à-dire la frange la plus totalement parasitaire de la population, bénéficie sous nos climats d'une dévotion frileuse qui confine à la bigoterie. Malheur à celui qui n'a rien fait pour les jeunes, c'est le péché suprême, et la marque satanique de la pédophobie est sur lui.

La jeunesse, toutes les jeunesses, sont le temps kafkaïen où la larve humiliée, couchée sur le dos, n'a pas plus de raison de ramener sa fraise que de chances de se remettre toute seule sur ses pattes.

Je connais un adolescent tellement inculte qu'il ne sait même pas se masturber. Il se doute confusément qu'il faut secouer quelque chose, mais il ne sait pas vraiment quoi…

« Jean Jaurès ? C'est une rue, quoi », me disait récemment l'étron bachelier d'une voisine, laquelle et son mari, par parenthèse, acceptent de coucher par terre chez eux les soirs où leur crétin souhaite trombiner sa copine de caleçon dans le lit conjugal. Ceci expliquant cela : il n'y a qu'un « ah » de résignation entre défection et défécation.

C'est la faute au malaise des jeunes si après trois années de fac et sept ans de lycée ils croient encore que le Montherlant est un glacier alpin, Boris Vian un dissident soviétique et Sartre le chef-lieu de la rillette du Mans !

Pendant que vous vivotez votre vie creuse, fumiers de fainéants de gosses de riches, il y a des enfants de pauvres qui sont obligés, pour ne pas faire de peine à maman, de se planquer la nuit sous les couvertures avec une pile Wonder et un vieux Petit Larousse périmé pour s'embellir l'âme et l'esprit entre deux journées d'usine, avec l'espoir au ventre de mieux comprendre un jour pour tâcher de sortir du trou.

« Vous n'avez rien contre les jeunes ? » Version à peine édulcorée du répugnant : « T'as pas cent balles ? » C'est la phrase clé que vous balancent de molles gouapes en queue de puberté, pour tenter de vous escroquer d'une revue bidon entièrement peinte avec les genoux par des jeunes infirmes.

Les jeunes ne sont que ce que
les vieux cons en font, et vous
manquez vraiment de tolérance,
me dit un jeune auditeur nîmois,
avec un certain aplomb et deux « s »
à tolérance.

« Le bac, ça permet de voir du pays », disait
Balavoine. Vous avez vu où ça l'a mené…

Dans le train, les jeunes doivent spontanément
céder leur place assise aux personnes âgées.
Exceptionnellement, si, par exemple, c'est
le jeune qui est debout et s'il est muni d'une
barre de fer, la personne âgée sera bienvenue
de lui céder sa place.

Autant que votre jeunesse, je renie
la mienne, depuis que je l'ai vue
s'échouer dans la bouffonnerie
soixante-huitarde où de crapoteux
universitaires grisonnants, au péril de
leur prostate, grimpaient sur
des estrades à théâtreux pour singer
les pitreries maoïstes de leurs élèves,
dont les plus impétueux sont
maintenant chefs de choucroute
à Carrefour.

LA LANGUE FRANÇAISE

J'ai toujours eu un respect profond, presque craintif, pour la langue, la grammaire, la syntaxe, le vocabulaire et toutes ces conneries :
– Papa, on s'a fait violer.
– On s'est fait violer.

Peut-on appeler « écrire » n'importe quelle tentative de représentation d'une ébauche de pensée par le biais de symboles graphiques incohérents couchés dans le désordre au mépris total de la grammaire, de la syntaxe, de l'orthographe et du souvenir de mon aïeule Germaine Philippin, institutrice de l'époque missionnaire, qu'une cédille oubliée décourageait aux larmes.

Je connais un homme aux dehors ursidés capable de tomber amoureux pour un subjonctif bienvenu derrière un verbe étrange et lancé d'une bouche anodine dont les lèvres lui semblaient alors écartées pour d'inestimables luxures.

Zeugma n. m. (mot grec signifiant réunion). Procédé tordu qui consiste à rattacher grammaticalement deux ou plusieurs noms à un adjectif ou à un verbe qui, logiquement, ne se rapporte qu'à l'un des noms. Suis-je clair ? Non ? Bon. Exemple de zeugma : « Prenant son courage à deux mains et sa Winchester 281 dans l'autre, John Kennedy se tira une balle dans la bouche » (Richard Nixon, *J'ai tout vu, j'y étais*).

Exemple de double zeugma : « Après avoir sauté sa belle-sœur et le repas de midi, le Petit Prince reprit enfin ses esprits et une banane » (Saint-Exupéry, *Ça creuse*).

Une récente statistique nous apprend que plus de quatre-vingt-quinze pour cent des mineurs lorrains ignorent totalement ce qu'est un zeugma!! Est-ce que cela les empêche d'aller au charbon en sifflotant gaiement *La Marche turque*?

L'expression « bonne année » vient en réalité du latin « Bonanus » couramment utilisé dans la Rome antique pour saluer les éphèbes.

Que devons-nous dire si le coiffeur est notre amant? Si le coiffeur est notre amant, nous ne dirons pas: « Je vais chez le coiffeur ». Nous dirons: « Je vais au coiffeur ».

Quand je dis rédhibitoire, je baise mes mots...

Je me demande combien de phrases aussi bigrement poétiques il faut caser dans un roman balnéaire pour que ce soit aussi beau qu'une chronique de sous-bois solognot avec des senteurs de mousse et des écureuils hystériques qui viennent manger dans la main de Maurice Genevoix…

Les fossoyeurs des accords de temps, les bredouilleurs officiels et les époumonés faméliques de la chanson francophone tiennent leurs flatulences buccales pour des licences poétiques et leurs permis de glousser pour des agrégations de lettres.

Langage des fleurs.
Chrysanthème : Restons-en là.

Certains grammairiens dignes de foi pensent que le « H » des mots Hémiplégique, Haricot, Havet sont en réalité des « N » dont la barre centrale aurait été culbutée par les Huns.

Ne mettez jamais moins de trois virgules
au mètre carré de verbiage. Sans l'appui
de la virgule, on peut mourir étouffé
dans les sables mouvants d'une prose
perfide et désertique que n'éclaire plus
que le soleil blanc de l'inspiration
poético-trouducale des vieux procureurs
fourbus corrodés dans l'effluve éthylique
d'un désespoir exsangue où se meurt
la colère que brandit leur poing-virgule…
dans l'effluve éthylique d'un désespoir
exsangue où se meurt la colère
que brandit leur poing-t-à-la-ligne.
Ouf ça fait du bien.

Je veux bien fermer les guillemets,
mais pas ma gueule.

LA MÉDECINE

Et s'il n'y avait pas la science, malheureux cloportes boursouflés d'ingratitude aveugle et d'ignorance crasse, s'il n'y avait pas la science, combien d'entre nous pourraient profiter de leur cancer pendant plus de cinq ans ?

Dans cette liste de mots, cherchez l'intrus : métastase, Schwartzenberg, chimiothérapie, avenir.

Les imbéciles n'ont jamais de cancer.
C'est scientifique.

Je suis névrosé et psychotique. Ce sont deux désordres extrêmement perturbants quand ils cohabitent, pour reprendre le cri d'amour du crapaud.

Moi j'ai pas de cancer, j'en aurai jamais, je suis contre.

Savez-vous seulement quelle différence
il y a entre un psychotique et un névrosé ?
Un psychotique, c'est quelqu'un
qui croit dur comme fer que 2 et 2 font 5,
et qui en est pleinement satisfait.
Un névrosé, c'est quelqu'un qui sait
parfaitement que 2 et 2 font 4,
et ça le rend malade.

Ce n'est pas parce que je suis paranoïaque qu'ils ne sont pas tous après moi.

Depuis pas loin d'un siècle qu'une baderne autrichienne obsédée s'est mise en tête qu'Œdipe voulait sauter sa mère, la psychanalyse a connu sous nos climats le même engouement que les bains de mer ou le pari mutuel urbain.

Les aveugles lisent en braillant, au risque de réveiller les sourds.

On a beau savoir pertinemment que la méthode d'investigation psychomerdique élucubrée par le pauvre Sigmund n'est pas une science exacte, la psychanalyse, c'est comme la gauche ou la jupe à mi-cuisse, c'est ce qui se fait maintenant chez les gens de goût.

Je cours après les filles dans les bois. C'est bon pour le cœur.

Si vous avez les seins qui tombent, faites-vous refaire le nez, ça détourne l'attention.

Il y a si longtemps maintenant que j'attends mon cancer : je ne vais quand même pas partir sans lui…

Plus cancéreux que moi, tu meurs.

C'était pas un point de côté, c'était un cancer de biais. Y avait à mon insu, sous-jacent à mon flanc, squattérisant mes bronches, comme un crabe affamé qui me broutait le poumon.

LA MISÈRE

Les pauvres, depuis le début de
l'humanité, ont toujours eu des goûts
simples.

Il y a des pauvres à Rio qui ne regardent
pas le coucher de soleil. Ils ne lèvent
même pas le regard vers le ciel.
Forcément : leur bonheur, ils le cherchent
tête basse, au fond des poubelles.

Tant que la misère effroyable et les tortures
abominables ne touchent pas les riches,
qui s'en plaindrait ?

Les aspirations des pauvres ne sont pas très éloignées des réalités des riches.

Les riches, au fond, ne sont jamais qu'une minorité de pauvres qui ont réussi.

On notera qu'au-delà d'un certain seuil de misère, les pauvres affichent un certain mépris à l'égard des poux.

Dans le Nord du monde, ils se groupent autour d'une table. Ils mangent des sucres lourds et des animaux gras en s'appelant « cher ami », puis succombent étouffés dans leur graisse en disant « docteur, docteur ». Dans le Sud du monde, ils sucent des cailloux ou des pattes de vautours morts et meurent aussi, tout secs et désolés, et penchés comme les roses qu'on oublie d'arroser.

Je trouve que les riches puent et je sais que les pauvres sentent.

Mais voici qu'une horde électronique de rockers anglophones surgavés d'ice-creams se prend soudain d'émotion au récit pitoyable de la misère éthiopienne dont les navrantes images nous prouvent en tout cas qu'on peut garder la ligne loin de Contrexéville.

Les sirupeux commencent à nous les engluer. J'ai donc proposé d'ouvrir des restaurants du foie, à destination des nouveaux riches. On peut envoyer ses surplus de biscottes sans sel. Le bon Dieu vous le rendra.

Les bébés ougandais agonisent au soleil dans l'indifférence générale des nations cloquées de cellulite.

La messe de minuit est une messe comme
les autres, sauf qu'elle a lieu à vingt-deux heures.
À la fin de l'office, il n'est pas rare que le prêtre
larmoie sur la misère du monde, le non-respect
des cessez-le-feu et la détresse des enfants affamés,
singulièrement intolérable en cette nuit
de l'Enfant.

Après trois mois d'un labeur intensif
et l'épuisement d'une centaine
d'hypothèses, les enquêteurs d'une
société d'étude de marché new-yorkaise
ont fini par trouver que si 75 %
des Américains ne mettaient pas leurs
économies à la banque, c'est qu'ils n'en
avaient pas.

Pour peu que son gosse se coince l'auriculaire dans le pédalier de son tricycle, le plus fervent partisan de l'aide au Tiers-Monde oubliera de partir soigner les petits affamés pour filer toutes affaires cessantes à la pharmacie du coin, en vertu d'une loi sacrée de l'espèce qui veut que la sauvegarde d'un petit doigt gras familier relègue aux calendes celle de mille ventres creux plus lointains.

Le plus souvent, le trac naît d'un sentiment confus de respect, d'estime, de considération, de gratitude, de l'artiste pour son public. Il est bouleversé à l'idée que tous ces gens se sont déplacés pour lui. Certains n'ont pas hésité à payer le prix de six boîtes de Whiskas aux foies de volaille, c'est-à-dire l'équivalent de six mois de riz complet pour un gosse éthiopien.

J'ai quitté ce matin mon somptueux gourbi parisien pour aller vivre désormais dans un minable manoir de banlieue extrêmement surfait, c'est pas la peine de m'emmerder avec l'impôt sur les grandes fortunes, je fais rien qu'à rétrograder dans l'aisance.

LA MORT

L'heureux temps chanté par Brassens où les gens avaient à cœur de mourir plus haut que leur cul est un temps maintenant révolu. On vit désormais dans une démocratie couchée, et il est naturel que les morts donnent l'exemple de l'humilité.

Pour qui s'emmerde au trou perdu, la mort du voisin ranime toujours un peu la vie, mettant la joie dans les chaumières où le père noue sa cravate noire des cimetières en fredonnant des javas usées.

Je pense que ce serait bien que je vous fasse part de mes dernières volontés. D'ores et déjà, j'ai décidé de faire don de mes abats à la science. S'il reste des morceaux de viande après ces prélèvements, je souhaite vivement qu'ils soient jetés dans un sac-poubelle, si possible bleu, ça me rappellera mes vacances à Corfou.

Gagner sa vie sur la mort de son prochain, c'est un des métiers les moins touchés par le chômage dans notre beau pays.

Moquez-vous des morts, y peuvent pas se défendre.

Je vous préviens, croque-morts de France : mon cadavre sera piégé, le premier qui me touche, je lui saute à la gueule.

Si c'est les meilleurs qui partent les premiers, que penser des éjaculateurs précoces ?

On ne rit vraiment de bon cœur que dans les cimetières.

Les animaux ne savent pas qu'ils vont mourir. C'est pourquoi ils continuent de batifoler quand ils ont 38 °C[6].

Je suis dans l'âge mûr. Et l'âge mûr, par définition, c'est l'âge qui précède l'âge pourri.

Le jour de la mort de Brassens, j'ai pleuré comme un môme. Je n'ai vraiment pas honte de le dire. Alors que – c'est curieux – mais le jour de la mort de Tino Rossi, j'ai repris deux fois des moules.

Le seul remède à la vie, c'est la mort librement consentie.

La mort est la chose la plus
extraordinairement amusante du monde
puisqu'elle atteint dans l'absurde
des sommets inaccessibles à tous les autres
avatars de la condition humaine.

Un beau jour, on entame une partie de pétanque avec des copains, sous des platanes bruissant d'étourneaux, l'air sent l'herbe chaude et l'anis, et les enfants jouent nus, et la nuit sera gaie, avec de l'amour et des guitares, et puis voici que tu te baisses pour ajuster ton tir, et clac, cette artère à la con te pète sous la tempe, et tu meurs en bermuda. Et c'est là, mon frère, que je pose la question : à qui est le point ?

Je meurs content. Ma famille est dans
la merde.

J'aime bien les histoires qui finissent mal.
Ce sont les plus belles car ce sont celles
qui ressemblent le plus à la vie.

LE NAZISME

Le nazisme, tombé en désuétude en 1945 – excellente année pour les bordeaux rouges, encore qu'on puisse lui préférer 1947 –, prônait le racisme, le militarisme, le progrès social et l'assiduité aux carnavals métalliques avec flambeaux et oriflammes à grelots.

Il faut toujours faire un choix, comme disait Himmler en quittant Auschwitz pour aller visiter la Hollande, on ne peut pas être à la fois au four et au moulin !

On ne m'ôtera pas de l'idée que, pendant la dernière guerre mondiale, de nombreux juifs ont eu une attitude carrément hostile à l'égard du régime nazi.

Comme disait Himmler : « Qu'on puisse être à la fois juif et allemand, ça me dépasse. »

La prévention contre le nazisme passe obligatoirement par le respect des synagogues, le mépris de la mitraille et un minimum de réceptivité cordiale au chant plaintif des violons tziganes.

Dans la Résistance, on dénonçait pas les juifs, mais fallait vivre avec !

En un mot comme en cent, chers habitants hilares de ce monde cosmopolite, je répéterai inlassablement qu'il vaut mieux rire d'Auschwitz avec un juif que jouer au scrabble avec Klaus Barbie.

« Faute avouée est à moitié pardonnée », disait Pie XII à Himmler.

Il y a dans *Mein Kampf* un véritable cri d'espoir dans l'humanité comme chez Karl Marx. Il faut avoir lu *Mein Kampf* et *Le Capital* avant d'aborder Poirot-Delpech, sinon on ne comprend pas bien le Front populaire et ça fait moins rigoler à la fin quand les boches arrivent…

« C'est à ses vêtements élimés qu'on reconnaît un communiste », disait le regretté Heinrich Himmler, qui était toujours très propre sur lui.

Le 30 avril 1945 précisément, le chancelier Hitler, légèrement déçu par la vague d'antinazisme primaire qu'il sentait déferler autour de lui, se donnait discrètement la mort dans son loft souterrain de la banlieue berlinoise.

Je prie sincèrement les anciens nazis
de bien vouloir m'excuser de me
moquer d'eux aussi sottement
et aussi peu charitablement.

Contrairement à la rage, le nazisme n'est
pas remboursé par la Sécurité sociale.
Il est pourtant contagieux.

LA PHILOSOPHIE

Le plus court chemin de la barbarie à la décadence passe toujours par la civilisation.

Tout dans la vie est affaire de choix, finalement, ça commence par la tétine ou le téton, ça se termine par le chêne ou le sapin…

Faut-il réévaluer la spéculation astro-mythologique de Freud dans son approche structuraliste de la psychosomatique fliessienne ? Réponse : « Ah, ça dépend… »

Il ne suffit pas d'être heureux. Encore faut-il que les autres soient malheureux.

La nostalgie, c'est comme les coups de soleil. Ça ne fait pas mal pendant. Ça fait mal le soir.

J'ai un profond respect pour le mépris que j'ai des hommes.

Si l'union fait la force, la force n'a jamais fait l'intelligence.

À l'heure où la machine tend de plus en plus à remplacer la main de l'homme, gifler autrui reste une des dernières joies tangibles de ce siècle inhumain.

J'ai pleinement conscience de n'appartenir à aucune élite, sauf quand je passe devant un militaire.

La gravité est le bonheur des imbéciles.

Je suis pour le rétablissement de la peine de mort pour les casse-bonbons qui vous coincent sur le trottoir ou au téléphone avec rien d'autre à dire que ces banalités trouducutoires concernant leur tension qui remonte ou leur thermomètre qui redescend.

Le succès commercial, le seul qui vaille. Les succès d'estime ne conduisent jamais leur bénéficiaire qu'aux épinards sans beurre

La sagesse populaire, on connaît. C'est elle qui a élu Hitler en 33, c'est elle qui va au foot à Bruxelles, c'est elle qui fait grimper l'indice d'écoute.

Bien qu'il n'ait jamais vu un ouvrier, l'intellectuel écrit des choses pleines d'idées généreuses et de substantifs abscons sur la condition ouvrière.

L'intellectuel est un être d'exception qui passe son temps à penser et à réfléchir à la place des autres.

J'aurais dû être dérouleur de pensées plutôt qu'écriveur de bouquins.

LA POLITIQUE

Observons un Grec ancien : il est enveloppé dans un drap, il tient un parchemin et il apporte au monde la civilisation.

Je suis le contraire d'un artiste engagé. Je suis un artiste dégagé.

La seule conscience politique que j'ai, c'est de tenir à ne pas en avoir. Pas du tout par lâcheté. C'est parce que je n'ai jamais pu m'apercevoir que la Gauche était mieux que la Droite ou que les Rouges étaient mieux que les Noirs.

Il faut savoir, bande de décadents ramollis
de téloche et de pâtés en croûte, que
les Grecs sont à l'origine du pire des maux
dont crève aujourd'hui le monde civilisé :
la démocratie.

C'est à cela qu'on reconnaît
les communistes : ils sont fous,
possédés par le diable, ils mangent
les enfants et, en plus, ils manquent
d'objectivité.

Pourtant Dieu me tripote, n'est-ce point
un devoir sacré que de lire Marx et Engels
et Lénine ? Allez-vous rester anticommunistes
primaires toute votre vie alors qu'il
suffit de lire Marx pour devenir aussitôt
anticommuniste secondaire ?

Talleyrand, qui savait nager sur
le dos et ramper sur le ventre comme
personne, qui trahissait à Versailles
comme on pète à Passy, c'est-à-dire sans
bruit, a vécu tellement courbé qu'on a
pu l'enterrer dans un carton à chapeau.

Nous n'avons plus de grands hommes, mais
des petits qui grenouillent et sautillent
de droite et de gauche avec une sérénité
dans l'incompétence qui force le respect

Nous avons fini par trouver une
double plate-forme d'accord pour
un gouvernement gauche-droite :
Non au cancer. Oui à l'os à moelle
dans le pot-au-feu.

S'il y a peu de femmes députés,
c'est peut-être parce qu'elles ont mieux
à faire, l'après-midi, que de participer aux
désolantes empoignades entre la rose fanée
et le fumier qui la fit éclore.

En a-t-on assez vu de ces banderoles aux
slogans affligeants, tant sur le plan
de la syntaxe qu'au niveau des futilités
des espoirs exprimés.

Il y a plus d'humanité dans l'œil d'un chien
quand il remue la queue que dans la queue
de Le Pen quand il remue son œil.

Je m'abstiendrai de choisir entre
la peste ou le choléra, ou entre Giscard
et Mitterrand.

Quand Pierre Mendès France gouvernait la France en assumant conjointement la décolonisation extrême-orientale et l'hyper-lactation des cours préparatoires, que faisait Mitterrand ?

Plus tard, quand de Gaulle est arrivé au pouvoir, porté par une incroyable ferveur populaire et soutenu par les grossistes en merguez d'outre-Méditerranée, que faisait Mitterrand ?

Comment en vouloir à Mitterrand qui a tant gesticulé de droite et de gauche au cours d'une vie ô combien riche en retournements ?

Les droits de l'homme, si on n'en abuse pas… je dis pourquoi pas, après tout.

Le peuple populaire indécrottable et meuglant, aux yeux soufflés cholestériques éperdus de voyeurisme sale, le peuple si massif et si peu aérien, et si naïf aussi, le peuple définitif croit vraiment que c'est lui qui a pris la Bastille et gagné à Verdun.

On me dit que le 20e arrondissement est un quartier populaire. Il faudra que j'aille voir.

Toutes les formes de fascisme m'ennuient. Tous les gens pratiquants m'ennuient, me font peur surtout. Les gens qui croient, qui sont derrière un drapeau. J'ai un peu peur, parce qu'il faut élaguer pour arriver sur la montagne où on va planter son drapeau.

L'Ayatollah durcit sa position. Aïe, aïe, aïe, dit l'Ayatolette.

La presse & la communication

D'épistoliers vautours s'abattent, flanqués de noirs chacals tapis derrière leur zoom fouille-merde. Ils viennent traquer les sanglots, souiller les chagrins, pulvériser les douleurs intimes, étaler les souffrances des uns, les intestins sanglants des autres, et putasser la mort pour vendre du papier.

Elle est sale, elle est glauque et grise, insidieuse et sournoise, d'autant plus meurtrière qu'elle est impalpable. On ne peut pas l'étrangler. Elle glisse entre les doigts comme la muqueuse immonde autour de l'anguille morte. Elle sent. Elle pue. Elle souille. C'est la rumeur.

La rumeur c'est le glaive merdeux souillé de germes épidermiques que brandissent dans l'ombre les impuissants honteux.

D'État ou pas, la télé c'est comme la démocratie : c'est la dictature exercée par le plus grand nombre sur la minorité.

Quelques journalistes trou-du-cul-pompeux qui trou-du-cupompisent dans maints hebdomadaires glacés et s'esbaudissent épisodiquement à la recherche de Rabelais alors qu'ils trouvent Cavanna vulgaire.

Jacques Séguéla est-il un con ? De deux choses l'une : ou bien Jacques Séguéla est un con, et ça m'étonnerait tout de même un peu, ou bien Jacques Séguéla n'est pas un con, et ça m'étonnerait quand même beaucoup.

Seule quelque trépanation bâclée à la tronçonneuse malpropre ou l'intrusion inopinée d'un anthropopithèque et d'une truie gonflable dans leur arbre généalogique peuvent expliquer les mystérieux mobiles qui poussent parfois des êtres humains extérieurement normaux à tenter de faire vendre des poudres à laver en montrant la femme comme une sœur inférieure de la guenon.

Au lieu de vous emmerder à lire tout Sartre, achetez *Minute* : vous aurez à la fois la nausée et les mains sales.

Le quadruple crime de Trifouilly-sur-Mer éclairci : le meurtrier était un ami de la famille. On frémit à l'idée que ç'aurait pu être un ennemi de la famille.

Le Monde, le poids de l'ennui et le choc des paupières.

Quand la presse est muselée, c'est toujours un peu Hitler qui revient.

Siné s'est figé dans les mêmes petits clichés franchouillards de gauche où s'enlisent encore les laïcs hystériques de l'entre-deux-guerres et les bigots soixante-huitards sclérosés que leur presbytie du cortex pousse à croire, contre vents et marées, que *Le Canard enchaîné* est toujours un journal anarchiste, et le gauchisme encore une impertinence.

La voilà, la vieille technique des hebdos accroche-cons, lèche-malades et branle-minus. On vous titre sur huit colonnes, en lettres grasses et graisseuses, quelque chose de bien cradingue, qui vous accroche la bête au plus bas de son cortex ou de son caleçon, on lui développe l'affaire sur cinquante lignes, avec force détails salaces ou crapuleux, et on lui dit : lecteur chéri, regarde, on voit les poils, renifle, ça pue la merde. À la fin, on s'indigne, avec élégance et bon goût, s'il vous plaît

Cannes brille surtout pour son festival annuel du cinéma où les plus notables représentants de la sottise journalistique parasitaire côtoient les plus éminentes incompétences artistiques internationales.

LE RACISME

« Attention, un suspect pour un flic ce n'est pas forcément un Arabe ou un jeune, ça peut être un nègre. »

Peu doué pour la planche à voile, le ski de fond, le merchandising et la bourrée poitevine, le Noir moyen, à sa naissance, présente peu de chances de devenir un jour président des États-Unis.

J'ai été le témoin oculaire d'une véritable manifestation de racisme anti-français. Deux Noirs qui se prélassent à l'arrière d'une grosse bagnole, et un chauffeur blanc devant pour piloter ces deux parasites qui, en plus, se foutent de sa gueule et l'obligent tous les dix mètres à s'arrêter pendant que ces vandales s'amusent à vider NOS poubelles dans le dos de leur esclave blanc en chantant des twists gabonais.

Les étrangers basanés font rien qu'à nous empêcher de dormir en vidant bruyamment nos poubelles dès l'aube alors que, tous les médecins vous le diront, le Blanc a besoin de sommeil…

Réfléchissons : qu'est-ce qui différencie un Noir d'un Blanc à part la couleur de la peau et l'intelligence qui n'est pas la même chez Denise Fabre et Léopold Sédar Senghor ?

Quand j'emploie le mot « raciste », j'étends évidemment ce terme à toutes les formes de rejets hystériques de l'autre, l'autre pouvant être aussi bien le juif, l'homosexuel, le chevelu, le Noir, le jeune, le vieux, le 78, et bien sûr la femme.

Le rouquin est un mammifère vivipare assez voisin du blondinet. Pas trop voisin quand même, car le blondinet fuit le rouquin dont on nous dit qu'il pue, qu'il est la honte de l'espèce, le banni pestilentiel au regard faux sous un sourcil rouille.

N'est-il pas aberrant que nous continuions à dilapider l'argent du contribuable et à perdre notre temps en jugeant des accusés de type nord-africain avant de leur couper une tête, qui, de toute façon, ne nous revient pas !

Les nègres c'est comme les juifs,
ça s'attrape par la mère.

Depuis que le port de l'étoile jaune est tombé en désuétude, il n'est pas évident de distinguer un enfant juif d'un enfant antisémite.

Dire que les Juifs ont de l'humour, c'est aussi raciste que de dire que les Arabes sont des fainéants.

Je ne ris que des choses qui ne font pas rire, que des choses graves, entre autres, le racisme. Pris au premier degré ça peut faire de la peine.

Que la vie serait belle si tout le monde doutait de tout, si personne n'était sûr de rien. On pourrait supprimer du dictionnaire les trois quarts des mots en « iste », fasciste et communiste, monarchiste et gauchiste, khomeyniste et papiste

LA RELIGION

Jésus-Christ, célèbre illusionniste
palestinien de la première année
du premier siècle pendant lui-même.

Je viens de rompre avec Dieu, je m'entendais mal avec sa famille. Je trouvais que le fils, surtout, avait mauvais genre. Je ne pense pas être bégueule mais ce côté « m'as-tu vu sur ma jolie croix dans mes nouveaux pampers », j'ai toujours pensé que cela avait desservi le prestige de l'Église.

Le Seigneur a dit : « Tu aimeras ton prochain comme toi-même. » Personnellement, je préfère moi-même. Et d'ailleurs, j'ai horreur qu'on me tutoie.

Quelquefois, je trouve que Dieu pousse un peu.

N'importe quel chrétien venant de recevoir l'Eucharistie vous le confirmera : Dieu fond dans la bouche, pas dans la main.

Dieu, hostie ou pas, est un plat qui se mange froid.

Au Paradis, on est assis à la droite de Dieu.
C'est normal, c'est la place du mort.

Je résiste à la tentation de m'asseoir à la droite de Dieu de peur que ça soit bon.
C'est par morale chrétienne.

Dieu, s'il te plaît, pardonne-moi mes offenses, mais laisse-moi succomber à la tentation, donne-moi aujourd'hui mon péché quotidien, et délivre-moi du bien. Ainsi soit-il.

Si on ne parlait que de ce qu'on a vu, est-ce que les curés parleraient de Dieu ? Est-ce que le pape parlerait du stérilet de ma belle-sœur ? Est-ce que Giscard parlerait des pauvres ? Est-ce que les communistes parleraient de liberté ? Est-ce que je parlerais des communistes ?

Quand on fait l'inventaire des ustensiles de cuisine que les balaises du Jésus'fan Club n'hésitaient pas à enfoncer sous les ongles des hérétiques, ce n'est pas sans une légitime appréhension qu'on va chez sa manucure.

L'Ascension : Tout Jésus plongé dans la prière reçoit une poussée de bas en haut qui le renvoie chez son papa. C'est le théorème de l'ascenseur.

Noël célèbre la naissance de Jésus-Christ, fils de Dieu, venu sur terre pour effacer les péchés du monde, mais il avait oublié sa gomme.

Même dans les déjeuners plutôt gais, il arrive toujours un moment où un ange passe, Dieu sait pourquoi puisque c'est lui qui le fait passer.

Exigeons une bonne fois pour toutes qu'on habille le petit Jésus dans les crèches : toute cette nudité, ça fait triquer les pédophiles.

« Suicidez-vous jeune, vous profiterez de la mort », nous dit le Christ avant de s'autodétruire sur la croix à l'aube de sa trente-troisième année.

Si le Christ ne s'est pas suicidé, c'est que je n'ai rien compris au Nouveau Testament.

Dans certains pays musulmans, on coupe les cils des petites filles qui ont un bec-de-lièvre dès la première pleine lune suivant leur naissance. Ainsi, ils repoussent plus longs, et le tchador fait le reste.

LE RIRE

Les petites filles rient comme des ruisseaux,
sautent à la marelle avec des grâces
que la danseuse étoile ne saura plus revivre,
chantent en cristal et s'ennuient déjà
poliment avec les fusils de la guerre
pour rire.

J'ai investi dans le rire pour le pognon.
Pour nourrir ma famille.

On s'ennuie vite à jouer au tennis, à cause, bien sûr, de l'inertie de la balle, alors que si vous remplacez la balle par un poussin, c'est le fou rire assuré.

Le rire c'est la dernière bouée. Celle à laquelle se raccroche encore le prisonnier du camp de la mort qui ne peut s'empêcher de pouffer aux portes de la chambre à gaz parce que son pantalon lui tombe sur les chevilles.

Le rire n'est jamais gratuit : l'homme donne à pleurer mais prête à rire.

Il faut rire de tout. C'est extrêmement important. C'est la seule humaine façon de friser la lucidité sans tomber dedans.

S'il est vrai que le rire sacrilège blasphématoire que les bigots de toutes les chapelles taxent de vulgarité et de mauvais goût, s'il est vrai que ce rire-là peut parfois désacraliser la bêtise, exorciser les chagrins véritables et fustiger les angoisses mortelles, alors oui, on peut rire de tout, on doit rire de tout.

On peut rire de tout
mais pas avec n'importe qui.

Quelle autre échappatoire que le rire, sinon le suicide, poil aux rides ?

Elle est immense, la prétention de faire rire. Un film, un livre, une pièce, un dessin qui cherchent à donner de la joie (à vendre de la joie, faut pas déconner), ça se prépare, ça se découpe, ça se polit.

Une œuvre pour de rire, ça se tourne, comme un fauteuil d'ébéniste, ou comme un compliment.

Je crois que je n'ai jamais fait rire les autres tant que je n'étais pas payé pour.

Une femme qui me fait rire, ça me couche complètement, je peux tout faire.

C'est plus fort que moi : plus la situation est sombre, plus j'en ris. Juif aux années sombres, j'aurais sans doute contrepété aux portes des chambres à gaz, n'eussent été les menaces du fouet (j'ai horreur qu'on me fouette quand je contrepète).

LES SAISONS

Le printemps, c'est le grand chambardement de la vie qui sort de ses cocons. Cela se mérite. Cela se prépare. On n'entre pas dans le printemps comme on entre dans un moulin.

Au printemps, la nature change de peau. Les verdoissiers marronnent, les marronniers verdoient, le chat-huant hue, le paon puant pue, le matou mutant mue, Bernard-Henri Lévy refait sa mise en plis.

Au printemps les jours rallongent. Si vous habitez la campagne, dites-vous bien qu'il est absolument désolant de regarder les conneries télévisuelles de 20 h 30 alors même qu'un soleil rouge vient échouer ses rayons tièdes sur la façade de votre maison. Pensez donc à bien fermer les volets dès 18 h.

C'est au printemps hélas, que le doux employé se meut soudain en brute briseuse de planches, gâcheuse de plâtre, ou décapeuse de parquets innocents. Au printemps, le non-bricoleur se sent très seul.

Et puis, revoici l'été, sous les platanes mouchetés de l'allée Alphonse-Daudet de Fougelas-en-Provence, les filles à la peau brune rient en cascade, minces et tendres et nues sous la jupette. Les jours rallongent. Il n'y a pas qu'eux, dit l'obsédé de la rue Tartarin.

Août est vulgaire. Transparents et mous,
les méduses et les banlieusards échoués
s'y racornissent sur le sable dans
un brouhaha glapissant de congés payés
agglutinés. Août pue la frite et l'aisselle
grasses.

Le chant de la cigale, qui est assez voisin
du cri de la mobylette, peut s'avérer
exaspérant.

Je nous revois, dégustant de moelleux bolets
noirs en célébrant l'automne,
romantiques et graves, d'une gravité
d'amants crépusculaires.

J'ai un copain qui a horreur des champignons et
qui en débusque tous les automnes à chaque pied
de chêne. Il adore les contrepèteries.
Il est malheureusement incapable d'en trouver
une seule. Alors je l'aide, et en, échange, il me refile
un ou deux bocaux de ceps en conserve.

Quand survient l'hiver, les nouveaux cons tuent la dinde. Les nouvelles dindes se zibelinent. Les nouveaux pauvres ont faim. Les charitables épisodiques, entre deux bâfrées de confit d'oie, vont pouvoir épancher leurs élans diabétiques.

Cet hiver, afin de m'épargner au maximum les assauts grotesques de ces enthousiasmes hypocrites, j'ai modifié légèrement le message de mon répondeur téléphonique.
Au lieu de « Bonjour à tous »,
j'ai mis « Bonne année mon cul ».

Si les hommes font moins de conneries en février, c'est parce qu'ils n'ont que 28 jours.

LE SAVOIR-VIVRE

Le savoir-vivre est la somme des interdits qui jalonnent la vie d'un être civilisé, c'est-à-dire coincé entre les règles du savoir-naître et celles du savoir-mourir.

On n'envoie pas impunément pisser quelqu'un qui vous étrangle.

Un gentleman, c'est quelqu'un qui sait jouer de la cornemuse et qui n'en joue pas.

L'altesse et la sérénité, la majesté en un mot, ça n'est pas héréditaire, ça ne s'attrape pas au lit comme la vérole ou le droit d'aînesse.

On ne doit pas mettre ses doigts dans son nez quand on monte à l'assaut. On ne doit pas mettre ses coudes sur la chaise électrique.

Peu m'importe de passer pour un petit branleur. L'important, dans la vie, c'est d'arriver à la force du poignet.

Et surtout, dès que vous sentirez venir la mort, ôtez vos dents en or. C'est une simple question de délicatesse.

Amnésique depuis trente ans, un homme qui ne savait même plus son nom meurt. Sur sa tombe, un futé a gravé : « Souvenez-vous ».

Bien que la coutume en soit follement désopilante, il est très mal élevé d'accrocher des poissons d'avril dans le dos des petits myopathes.

On n'a jamais autant faim qu'en rentrant
des cimetières. Et, souvent, les plus
sincèrement tristes sont les plus affamés.
C'est l'instinct de survie qui pousse
au buffet…

Il faut frapper avant d'entrer, mais ça
dépend dans qui. D'aucunes, d'aucuns,
opposent une certaine résistance.

LE SEXE

Soyez gentil d'éviter de me tutoyer. C'est une familiarité que je réserve aux gens avec qui j'entretiens des relations sexuelles.

Coucher, baiser, sauter, y a plus que ça qui compte, je n'arrête pas. Samedi, j'étais tellement obsédé que j'ai sauté deux repas, j'ai baisé le fisc, et j'ai même couché avec allégresse, quelques alexandrins sublimes sur le déclin de la rose.

Facile : Se dit d'une femme qui a la moralité sexuelle d'un homme.

Je suis un peu obsédé. Remarquez, j'ai de qui tenir. Mon père est bisexuel. Ma mère est trisexuelle. J'ai un oncle octosexuel. Et mon chat a neuf queues. C'est énorme. Même ma sœur qui est militante lecanuettiste ne pense qu'au sexe. Cela ne prouve-t-il pas, à l'évidence, que l'on peut être à la fois marginale ET clitoridienne ?

Un ultime état de grâce enfantine nourri d'obscénité tranquille et d'impudeur insolente vient aux adolescentes à l'heure trouble des premiers frissons du ventre.

La rigueur morale et la hauteur de pensée se chevauchent comme des bêtes.

Elle n'était plus que la conscience exquise de son propre désir et la concupiscence exclusive de son embrasement.

Ah ! le geste léger d'une femme du monde
frôlant d'un index sûr et carmin la soie lisse
d'une petite culotte noire égarée dans
la corbeille des slips blancs !

Comment un mec ni pédé ni impuissant
a-t-il pu inventer le collant pour dames ?

Comme un teckel trop bas derrière
une levrette affolante, je cours en haletant
derrière la femme d'esprit.

Je ne suis pas pour la femme-objet, au
contraire : j'aime bien quand c'est moi qui
ne bouge pas.

Si la nature nous pousse à avoir des rapports intimes avec des personnes du sexe opposé au nôtre, en quoi cette singularité dérangerait-elle le bourgeois ?

Plus encore que de sexe, l'homme a besoin de se frotter à la nature.

Comme disait Jean-Paul Sartre en sortant du lit d'Elsa Triolet : « c'est pas que je m'emmerde, mais il est tard ! » Moi, je dirais plutôt comme Elsa Triolet sortant du lit d'Aragon : « c'est pas qu'il est tard, mais je m'emmerde ! »

Sans Sigmund Freud, l'Homme ne saurait pas qu'il a envie de baiser sa mère. Ce serait la fin du monde.

– Pardon, monsieur. Je ne voudrais pas être indiscret, mais… vous êtes homosexuel ?
– Non. Non non… Et… et vous-même, monsieur, vous êtes homosexuel ?
– Non !
– Dommage !

Trois Allemands sur dix rencontrent pour la première fois leur future femme au bal. Restent 7, qui vont, quand même, au bal pour y rencontrer, c'est inévitable, les futures femmes des trois autres.

Qui baise en août pond en mai.

Testis unus, testis nullus : on ne va pas bien loin avec une seule couille.

LES SPORTS

Un bon sportif est un sportif mort.

Ah, le golf! je trouve extrêmement vulgaire cette façon brutale de lancer le cochonnet avec un bâton.

Voilà bien la différence entre le singe et le footballeur. Le premier a trop de mains ou pas assez de pieds pour s'abaisser à jouer au football.

Quelle harmonie, quelle élégance l'esthète de base pourrait-il bien découvrir dans les trottinements pataudes de vingt-deux handicapés velus qui poussent des balles comme on pousse un étron, en ahanant des râles vulgaires de bœufs éteints ?

Quel sport est plus laid, plus balourd et
moins gracieux que le football ?
Quel bâtard en rut de quel corniaud
branlé oserait manifester publiquement
sa libido en s'enlaçant frénétiquement
comme ils le font par paquets de huit,
à grands coups de pattes grasses
et mouillées, en ululant des gutturalités
simiesques à choquer un rocker d'usine ?

Bourgeois jusqu'à l'hystérie, je ne
vais plus à Roland-Garros depuis
qu'on y laisse éclater les joies
populaires.

Il existe une certaine parenté de pensée
entre l'autruche et le coureur cycliste,
parenté renforcée encore par le fait que l'un
comme l'autre s'arrachent les poils
des pattes pour faire joli.

Au lit comme à bicyclette,
la caractéristique du cycliste est qu'il
espère faire mieux la prochaine fois.

Vous savez pourquoi l'homme aime le cheval ? Parce que le cheval ne se révolte pas quand des nains bariolés lui balancent des coups d'éperon dans le bide tous les dimanches pour enrichir des connasses emperlouzées avec les primes d'allocations familiales des chômeurs.

Je connais un matador ascendant Taureau.
Il a un cancer. Ça fait marrer les vaches.
Chacun son tour…

Les courses à Vincennes :
Oublie pas l'pain !

LE TEMPS

Le but de l'homme moderne sur cette terre est à l'évidence de s'agiter sans réfléchir dans tous les sens, afin de pouvoir dire fièrement, à l'heure de sa mort : « Je n'ai pas perdu mon temps. »

Ma réflexion philosophique m'éloigne de jour en jour de la pensée de James Dean, en même temps qu'elle me rapproche de plus en plus de celle du général de Gaulle.

Le temps n'a pas tout le temps le temps
de prendre à temps le temps de nous laisser
le temps de passer le temps.

Il est payant parfois de prendre son temps. Les tronches défaites du bâfreur hâtif et de l'éjaculateur précoce sont éloquentes à cet égard.

J'ai pris l'habitude de vivre. Et l'habitude, au bout d'un temps, ça devient toujours une manie.

Je suis totalement pessimiste, quand on me dit : « tes enfants ont grandi », je dis : « elles n'ont pas grandi, elles ont vieilli. »

Des images nous viennent à l'esprit quand nous repêchons nos années mortes au fond d'un puits.

Ô arrêter le temps ! Repousser à jamais l'heure inéluctable du tombeau ! Mais non, hélas, la camarde ricane et nous guette sans hâte, tandis que sournoisement d'heure en heure nous ne cessons de nous flétrir, de nous racornir, de nous friper, de nous tasser lentement mais sûrement jusqu'au stade ultime où les microbes infâmes nous jailliront des entrailles pour nous liquéfier les chairs et nous réduire à l'état d'engrais naturel.

On peut difficilement s'empêcher de penser que si Napoléon avait vécu quatre-vingt-dix ans de plus il aurait très bien connu Louis Armstrong.

LA VIEILLESSE

Les prégrabataires nous escagassent
l'oreille interne avec leurs jérémiades
rhumatismales.

Si vous piquez, n'embrassez pas
les nouveau-nés dans les berceaux.
Une poignée de main suffira.

Si vous tremblez, ne faites pas la vaisselle,
faites les cuivres.

Un peu de décence tout de même ! Le stress
et le mal de vivre, c'est comme le jean
et le disco : chez les vieux, c'est grotesque.
Laissez cela aux jeunes, voyons !

Après la presbytie, voici que les cheveux de l'homme, de plus en plus clairsemés, se mettent à grisonner aux tempes, cependant que ses muscles s'affaissent et que sa femme a molli. Il se voûte, il se plie, se ratatine et trotte menu. Puis il se met à chevroter. Ses pensées se fixent et son dentier s'en va. De la vie, il n'attend plus que son *Télé 7 Jours*.

Moi, je ne veux pas vieillir. Je me vois déjà fripé, racorni, fientant sur moi, désespérément honteux dans ma fétidité dernière…

Je n'aime pas les vieux. Les vieux ont le regard bizarre. Il y a des vieux qui ont le regard complètement désemparé… il y a même des vieux qui n'ont plus de regard du tout… rien… le noir…

J'ai des raideurs. Dans le dos. Surtout dans le dos. Seulement dans le dos.

Comme le disait le général de Gaulle peu de temps avant de couler : « La vieillesse est un naufrage. » Et nous sommes tous sur le même bateau, mes frères.

Qu'un vieillard ait peur de la mort, c'est déjà anormal, mais qu'il mette fin à ses jours en se pendant dans la grange pour juguler sa trouille dans le même mouvement, voilà qui frise le mauvais goût.

Pour rester belle·
suicidez-vous à 39 ans et demi.

Est-il Dieu possible qu'il existe une précocité du gâtisme ? Peut-on être gâteux précoce comme on est éjaculateur mondain ?

Vieux parents, vous tous qui déclinez en parasites, accrochés à vos familles, sachez vous éteindre sans bruit, comme un réfrigérateur qui cesse de trembloter quand on le débranche.

Conseil aux centenaires : dépêchez-vous !

LE VIN

Le vin est femelle et le bien boire érotique !

Je ne bois pas de lait le matin, ça fait cailler la tequila de la veille au soir.

L'important est de ne pas oublier de boire.

Un cassoulet sans vin rouge c'est aussi consternant et incongru qu'un curé sans latin.

Au risque de me faire excommunier par le premier Castelsarrasinois venu, je dirai que seul un grand bordeaux peut souligner à point la lourde folie sensuelle polychrome d'un grand cassoulet toulousain.

Ce n'est pas Dieu qui me contredira : si le sang de son fils avait été du Figeac, je n'aurais jamais sombré dans l'athéisme.

Figeac 71, mon saint-émilion préféré. Introuvable. Sublime. Rouge et doré comme peu de couchers de soleil. Profond comme un *la* mineur de contrebasse. Éclatant en orgasme au soleil. Plus long en bouche qu'un final de Verdi. Un vin si grand que Dieu existe à sa seule vue.

Ma cave voûtée humide et pâle sent le vieux bois, le liège et le sarment brisé. Ma cave indispensable et secrète où je parle à mon vin quand ma tête est malade, et qu'on n'éclaire qu'à la bougie, pour le respect frileux des traditions perdues et de la vie qui court dans les mille flacons aux noms magiques de châteaux occitans et de maisons burgondes.

Les femmes et le bordeaux, je crois que ce sont les deux seules raisons de survivre. D'ailleurs, le seul moment où on oublie qu'on est mortel, c'est quand on baise, bien.

Je ne comprends pas qu'on achète du vin sans l'avoir goûté au préalable. Il ne viendrait à personne l'idée d'acheter un pantalon sans l'essayer avant. Alors, Dieu me tire-bouchonne, ne refusez pas à votre bouche ce que vous accordez à vos fesses.

La mode imbécile du beaujolais nouveau qui permet désormais tous les ans à des vignerons peu scrupuleux d'écouler vite fait leur saloperie de bibine pas mûre et trafiquée à la plus grande joie de millions de prolétaires zingueurs qui viennent se faire ronger les muqueuses après le turbin à grandes goulées violacées de cette vomissure corrosive si épouvantable et si totalement imbuvable que même un Portugais n'en voudrait pas.

Le whisky est le cognac du con.

En vieillissant, le whisky gagne en platitude ce qu'il perd en infamie. On peut y conserver ses bébés morts en bas Armagnac.

À Vichy, Pétain buvait de l'Évian. Et à Évian, les fellouzes buvaient du Vittel.

Ô rage, ô désespoir, ô Contrex ennemie !

Certains habitants du Bordelais boivent du vin de Bourgogne. Ce sont des collabos, n'ayons pas peur des mots.

Avec leurs cerisiers qui poussent partout, ils auraient pu se contenter de nous piquer l'idée du clafoutis. Mais non. Voilà-t-il pas que les Japonais nous annoncent qu'ils viennent d'inventer le vin sans raisin, à base de mandarines.

Écœuré, comme beaucoup de jeunes, par la vie insipide et sans avenir, Steve Keeting a tenté d'oublier en avalant une demi-bouteille de vin rouge, à Reditch, en Angleterre. C'est sa mère qui l'a découvert, fin saoul, dans son berceau.

1982 aura été une bien meilleure année pour le bordeaux que pour Patrick Dewaere.

Ce qui me coûte le plus à l'idée de quitter ce monde, c'est que mes enfants vont rentrer du crématorium en courant pour boire mes saint-émilion, si cela se trouve dans des gobelets fluo et avec des fils d'ouvriers aux cheveux verts.

LES VOYAGES

Je déteste Venise : il faut faire des kilomètres avant de trouver un flipper.

Les Grecs s'appellent aussi « Hélènes » : c'est dire à quel point ils sont pédés.

Notons au passage que le père et la mère de Démosthène étaient grecs, ce qui prouve que les Grecs ne sont pas tous pédés.

La capitale de l'Italie s'appelle Rome, en hommage à Raimu et Rémoulade qui fondèrent la ville à quatre pattes sous une louve.

Israël est un pays assez laid
et mortellement ennuyeux. Dedans,
il n'y a rien, et autour, c'est plein d'Arabes.

Quelquefois les Turcs exterminent
des Arméniens, mais c'est plus commercial
quand c'est des juifs.

N'oublions pas que ce sont les Turcs qui
ont inventé les chiottes, qui distinguent
l'Homme de la bête.

Les Japonais sont un peuple tellement arriéré
qu'ils refusent l'énergie nucléaire par crainte
des tremblements de terre.

La Corée est appelée ainsi pour que
nous ne la confondions pas avec
les couilles, qui sont deux elles aussi,
mais qui vivent plutôt en bonne
harmonie malgré la légère différence
de latitude.

Adolf Hitler s'est donné la mort dans sa
cave, le 30 avril 1945, parce qu'il ne voulait
pas faire le circuit de Nuremberg. Au même
moment, les Russes arrivaient dans Berlin :
des fois, quand ils traversent la Pologne,
ils ne peuvent pas freiner.

Le Québécois se bat contre la glace
à coups de pelle fracassants que sa stature
bûcheronne autorise à merveille. Détruire la
glace est l'unique souci hivernal
du Québécois. Le Québec déshiberne
et se met à fondre de partout, dans
la rumeur bouillonnante de mille torrents
fous. Alors, le Québécois s'affole de voir
toute cette eau lui échapper. Conserver
la glace est l'unique souci estival
du Québécois.

Les Esquimaux du grand Nord canadien sont tellement pourris par la civilisation qu'on est maintenant obligé de leur donner des cours du soir pour leur apprendre à construire des igloos. Et quand ils ont fini d'en bâtir un, ils remontent bien vite dans leur petite HLM, pour regarder la télé en attendant que ça fonde.

Nous irons à Rio compter les enfants pauvres avant d'aller danser en bermuda résille.

Nous irons un de ces jours, c'est sûr, mon amour, avec l'A.S. Oradour aux Jeux d'été d'Hiroshima.

À Paris, peinard, face à la Seine,
le palais bourbonne.

Le 16e arrondissement est extrêmement
vulgaire, tape-à-l'œil et gourmetté au point
que les passants n'y passent pas,
ils cliquettent.

Nice est l'un des plus grands mouroirs
à rupins du monde.

À Cannes, doucement, à petits pas,
les fossiles dorés s'en vont moirer encore
le cuir fripé brun caca de leur vieille tête aux
traits déjà morts à force de chirurgie,
de lassitude et d'ennui confortable.

Alunissage : Procédé technique consistant
à déposer des imbéciles sur un rêve
enfantin.

Les citations contenues dans cet ouvrage sont tirées des ouvrages suivants :

Chroniques de la haine ordinaire, tome I
Chroniques de la haine ordinaire, tome II
Les Réquisitoires du Tribunal des flagrants délires, tome I
Les Réquisitoires du Tribunal des flagrants délires, tome II
Les étrangers sont nuls
Dictionnaire superflu à l'usage de l'élite et des biens nantis
La Minute nécessaire de monsieur Cyclopède
Textes de scène
Vivons heureux en attendant la mort
Manuel de savoir-vivre à l'usage des rustres et des malpolis
Des femmes qui tombent
Le Petit Reporter
L'Almanach
Fonds de tiroir
Archives Hélène Desproges

Tous les ouvrages cités sont disponibles en Points, à l'exception de *L'Almanach*, publié aux éditions Payot et Rivages.

DU MÊME AUTEUR

Manuel de savoir-vivre
à l'usage des rustres et des malpolis
Seuil, 1981
et « Points », n° P401

Les Grandes Gueules par deux
(en collaboration avec Patrice Ricord et Jean-Claude Morchoisne)
L'Atelier, 1981

Pierre Desproges se donne en spectacle
Papiers, 1986

Vivons heureux en attendant la mort
Seuil, 1983, 1991, 1994
et « Points », n° P384

Dictionnaire superflu
à l'usage de l'élite et des bien nantis
Seuil, 1985
et « Points », n° P403

Des femmes qui tombent
roman
Seuil, 1985
et « Points », n° P479

Chroniques de la haine ordinaire, vol. 1
Seuil, 1987, 1991
et « Points », n° P375

Textes de scène
Seuil, 1988
et « Points », n° P433

L'Almanach
Rivages, 1989

Fonds de tiroir
Seuil, 1990
et « Points », n° P1891

Les étrangers sont nuls
Seuil, 1992
et « Points », n° P487

La Minute nécessaire de monsieur Cyclopède
Seuil, 1995
et « Points », n° P348

Les Bons Conseils du professeur Corbiniou
Seuil/Nemo, 1997

La seule certitude que j'ai, c'est d'être dans le doute
Seuil, 1998
et « Points », n° P884

Le Petit Reporter
Seuil, 1999
et « Points », n° P836

Les Réquisitoires du tribunal des flagrants délires vol. 1
Seuil, 2003
et « Points », n° P1274

Les Réquisitoires du tribunal des flagrants délires vol. 2
Seuil, 2003
et « Points », n° P1275

Chroniques de la haine ordinaire, vol. 2
Seuil, 2004
et « Points », n° P1684

L'agenda Desproges 2008
Seuil, 2007

Tout Desproges
(intégrale)
Seuil, 2008

Desproges est vivant
Une anthologie et 34 saluts à l'artiste
Points, n° P1892, 2008

Audiovisuel

Pierre Desproges portrait
Canal + Vidéo, cassette vidéo, 1991

Les Réquisitoires du tribunal
des flagrants délires
Tôt ou tard, CD, 6 volumes, 2001

Chroniques de la haine ordinaire
Tôt ou tard, CD, 4 volumes, 2001

Pierre Desproges « en scène » au théâtre Fontaine
Tôt ou tard, CD, 2001

Pierre Desproges « en scène » au théâtre Grévin
Tôt ou tard, CD, 2001

Pierre Desproges « abrégé »
Tôt ou tard, 3 CD, 2001

Pierre Desproges – coffret
Les Réquisitoires du tribunal des flagrants délires
Chroniques de la haine ordinaire
Pierre Desproges « en scène » au théâtre Fontaine
Pierre Desproges « en scène » au théâtre Grévin
Tôt ou tard, 12 CD, 2001

Pierre Desproges « en images »
L'Indispensable Encyclopédie de Monsieur Cyclopède
Desproges est vivant (portrait codicillaire) – Intégrale de l'entretien
avec Y. Riou et Ph. Pouchain : La seule certitude que j'ai
c'est d'être dans le doute...
Les spectacles : Théâtre Fontaine 1984 / Théâtre Grévin 1986
Les Grandes Obsessions desprogiennes
Tôt ou tard, 4 DVD, 2002

Pierre Desproges. Site officiel :
www.desproges.fr

RÉALISATION : PAO ÉDITIONS DU SEUIL
IMPRESSION : CPI FIRMIN DIDOT AU MESNIL-SUR-L'ESTRÉE
DÉPÔT LÉGAL : OCTOBRE 2009. N°100530/2 (96770)
Imprimé en France